CLASSIC / DISCARDED

LE LOUP QUI VOULAIT MANGER LE PÈRE NOËL

de Robert Ayats
illustré par Claire Le Grand

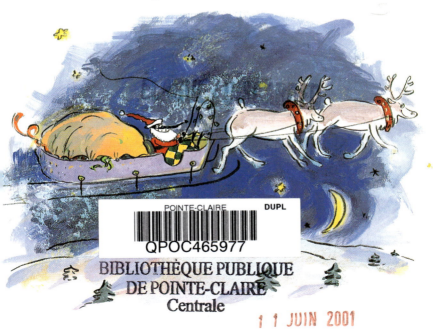

CHAPITRE 1

Ce soir-là, le père Noël était de mauvaise humeur parce qu'il avait mal au ventre.

Comme il est gourmand, il avait repris trois fois des frites à la crème Chantilly et à la mayonnaise. C'était un peu exagéré, même pour un estomac de père Noël.

En soufflant il se rendait à sa caverne où l'attendaient son traîneau, ses rennes et sa hotte pleine de jouets. Avoir mal au ventre le soir de Noël, ça l'énervait. De colère, il donnait des coups de pied dans les arbres et il disait presque des gros mots.

Un peu plus loin, dans la forêt,
était caché le Loup.
Il avait une faim de loup.

Depuis l'aube il guettait, immobile derrière un arbre, les pattes dans la neige, les fesses dans les courants d'air, la queue battue par les vents.

Ce pauvre Loup grelottait de froid. Il avait un gros glaçon au bout du nez, les oreilles bleues, les genoux tremblants, les doigts raides et les orteils glacés. Le froid le faisait pleurer, et les larmes qui coulaient de ses yeux gelaient immédiatement. Le Loup avait tellement faim que de temps en temps il mangeait une boule de neige ; ce qui ne le réchauffait pas beaucoup.

Soudain, à travers la glace qui entourait ses yeux, il vit une forme rouge qui se dirigeait vers lui.
« Chic, se dit-il,
c'est le Petit Chaperon rouge ! »
Et il se prépara à se jeter sur lui pour le manger.

Oubliant le froid, le Loup s'aplatit dans la neige et, quand le père Noël passa à côté de son arbre, il bondit sur lui en poussant un hurlement terrible. Grave erreur ! Le père Noël, comme chacun sait, est une espèce de géant très fort, indestructible, immortel et totalement immangeable !

Il saisit l'oreille du Loup et commença à la secouer en le grondant :

– Non mais, dis donc, qu'est-ce que c'est que ces manières, hein ? Ça veut dire quoi de sauter comme ça sur les gens ? En voilà des façons !

Et le père Noël tirait l'oreille vraiment fort.
Comme elle était toute gelée, le Loup avait
peur qu'elle ne se casse !

– Non mais, quel malappris !
Alors, j'attends tes explications.

Le Loup, qui ne savait pas quoi dire, bafouilla en pleurnichant :
– Je l'ai pas fait exprès…
– Hein ? Quoi ? Il se moque de moi, ma parole ! Mais je vais me mettre en colère, mon ami, si tu continues !

« Non seulement tu te jettes sur moi en hurlant, mais en plus tu oses me dire que tu ne l'as pas fait exprès ! Quel toupet ! Tu as intérêt à t'expliquer si tu ne veux pas que je me fâche pour de bon !
Le Loup se disait que s'il avouait au père Noël qu'il l'avait pris pour le Petit Chaperon rouge, ce serait pire.

Imaginez… guetter une petite fille, dans la forêt, pour la manger !

Alors, ne sachant pas quoi dire et, comme pour sauver son oreille il devait dire quelque chose, bêtement, le Loup expliqua au père Noël qu'il l'avait pris pour un cochon.

CHAPITRE 3

Oh ! là, là ! Traiter le père Noël de cochon un soir de Noël où il est de mauvaise humeur…

Le père Noël empoigna le Loup, le cala sous son bras et lui donna une fessée si forte que les vibrations des claques sur le derrière du Loup faisaient tomber la neige des arbres.

Le Loup criait, pleurait, se débattait en gigotant, mais je vous jure qu'il n'avait plus froid !

Quand enfin cela s'arrêta, le Loup pensait que le père Noël allait le laisser tranquille. Mais pas du tout.

– Alors comme ça… mmh… tu as faim… ?
– Heu… oui…un p'tit peu…
– Et si j'avais été un cochon, tu m'aurais mangé… hein ?
– Ben… non… enfin… juste pour goûter…
– C'est ça, juste pour goûter. Eh bien pour

ta punition, juste pour rire, tu vas faire un petit travail !

– Ah ?

– Oui, cette année, c'est toi qui vas faire ma tournée. Voilà, ça t'apprendra !

« Et c'est seulement quand tu auras distribué tous les jouets, demain matin, que tu pourras manger. Pas avant ! Et gare à toi si tu oublies une seule cheminée !

Sans demander au Loup s'il était d'accord, vu qu'une punition, ce n'est pas censé faire plaisir à celui qui la reçoit, le père Noël emmena le Loup à la caverne, le déguisa en père Noël, et hop ! l'expédia dans le ciel avec le traîneau, les rennes, la hotte, les clochettes et tout ce qu'il faut pour faire une vraie tournée de père Noël !

Le « bon vieillard » se frottait les mains en riant dans sa barbe. Il avait trouvé là un rude moyen de punir le Loup et surtout de rester tranquillement au chaud chez lui. Ces petits exercices avaient même fait passer son mal de ventre.

Tout allait bien pour le père Noël.

Mais pour le Loup, tout allait mal !
Il avait de plus en plus faim et mourait d'envie de manger les rennes du père Noël. Cependant il se gardait bien de le faire, de peur que leur redoutable maître ne le transforme en confettis, serpentins, boules puantes ou autres bêtises qui amusent les enfants. Du coup, les rennes ne se privaient pas pour se moquer du Loup.

Alors commença la nuit la plus terrible que l'on puisse imaginer pour un grand méchant loup !

Mettez-vous à la place du Grand Méchant Loup : déjà, se retrouver comme ça dans le ciel en train de faire la tournée du père Noël, ça surprend !

Mais en plus être obligé de faire des choses gentilles, généreuses alors que votre spécialité, c'est de faire peur aux enfants et de les dévorer tout crus ! Avouez qu'il y a de quoi être complètement tourneboulé !

CHAPITRE 4

En arrivant sur les toits, le Loup lisait les lettres des enfants :

Mon cher père Noël,

maintenant, je ~~travaille~~ travaille très bien à l'école et je suis très sage.
pour aller encore plus ~~vite~~ à l'école,
je voudrais un vélo V.T.T rouge
avec un triple plateau, 15 vitesses et
des jantes en carbonne.

merci.

maxime.

p.s : Ne pas oublier le CASQUE !

très cher
père noël

j'espère que tu vas apporter un train électrique à mon petit frère parce qu'il prend toujours le mien et il l'abîme.

ou alors tu pourrais donner mon petit frère à la voisine qui a dit à ma maman qu'elle voulait avoir un enfant.

Comme ça tu m'apporterais un grand circuit de voitures de course que j'installerai dans la chambre de mon petit frère.

Je t'embrasse très fort.

Hector.

Père Noël,

je me fais plus du tout de bêtises. Je suis calme et poli à l'école. Je (ne) me bats plus avec les copains, sauf s'ils me cherchent.
A Noël je veux un lance-pierre et des gants de boxe.
tchao ! paulo

♡ Mon gentil papa Noël ♡,

Je t'aime beaucoup. Je suis très gentille à la maison. J'aide mes parents à faire la vaisselle, ma maman à repasser le linge, mon papa à laver la voiture, et, tous les soirs, je débarrasse la table. Je suis très propre et très soignée. Je me lave les dents tous les jours.

Pour Noël j'aimerais avoir une poupée qui fait pipi et caca, et qui bave.
Je t'envoie mille mimis.
✿ Emilie ♡

Et dans chaque lettre les enfants envoyaient des baisers, des cajoleries, des mamours, des gentillesses, des promesses ! De quoi remplir les hottes de tous les faux pères Noël du monde qu'on voit dans les rues et dans les magasins.

Le Loup en était tout bredouillant.
Il découvrait que les enfants n'étaient pas seulement bons à manger, mais qu'à l'occasion ils pouvaient être rusés, malins et aussi déterminés que des petits loups !

Sauf peut-être celui-ci :

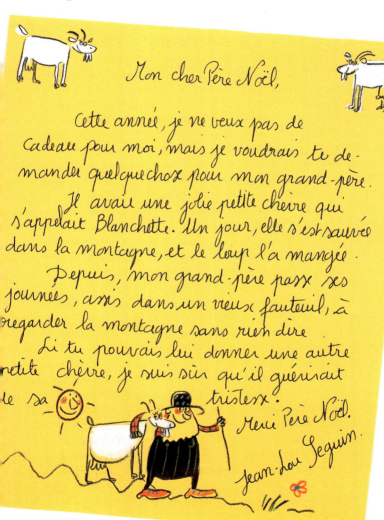

Mon cher Père Noël,

Cette année, je ne veux pas de cadeau pour moi, mais je voudrais te demander quelque chose pour mon grand-père.

Il avait une jolie petite chèvre qui s'appelait Blanchette. Un jour, elle s'est sauvée dans la montagne, et le loup l'a mangée.

Depuis, mon grand-père passe ses journées, assis dans un vieux fauteuil, à regarder la montagne sans rien dire.

Si tu pouvais lui donner une autre petite chèvre, je suis sûr qu'il guérirait de sa tristesse.

Merci Père Noël.

Jean-Lou Seguin.

Alors, le Loup, en retenant ses larmes, glissa une jolie petite chèvre blanche dans la cheminée, en faisant bien attention de ne pas la salir avec la suie. Les rennes, qui avaient vu l'émotion du Loup, ne se moquèrent pas de lui.

Mais le souvenir de Blanchette n'avait pas calmé la faim du Loup.

CHAPITRE 5

La nuit avançait. Plus le Loup distribuait les jouets et les friandises, et plus il avait faim. Il se retenait de manger les chocolats et les bonbons en papillote qu'il mettait dans les chaussures des enfants.

Pour ne rien arranger, les rennes s'étaient remis à se moquer de lui en voyant sa langue pendante, son air misérable et en entendant son ventre gargouiller.

Le Loup grommelait :

– Attendez, mes agneaux... un jour vous verrez...

Mais pour l'heure, les rennes et lui ne voyaient que les cheminées défiler dans le froid de la nuit de Noël.

Enfin l'aube arriva.

Le Loup venait juste de finir sa tournée ! Vite il rentra à la caverne.

En arrivant, il était tellement fatigué qu'il s'écroula dans un coin et s'endormit aussitôt.

Le père Noël, qui le regardait d'un œil attendri, se demandait quand même s'il n'avait pas un peu exagéré avec sa punition.

Le Loup se mit à ronfler et à rêver de hottes remplies de saucisses, de jambons, de pères noël en chocolat, de rennes à la broche et de maisons en pain d'épice.

Quand il se réveilla, à sa grande surprise, il vit un très bon repas qui les attendait sur une belle table dressée à côté d'un bon feu de cheminée : cadeau de Noël du père Noël.

Cette année-là, pour la première fois, le Loup et le père Noël fêtèrent Noël ensemble, sous l'œil étonné des rennes, qui, décidément, ne comprenaient rien à cette histoire.

© 1999 Éditions MILAN – 300, rue Léon-Joulin, 31101 Toulouse Cedex 1 – France
Droits de traduction et de reproduction réservés pour tous les pays.
Toute reproduction, même partielle, de cet ouvrage est interdite.
Une copie ou reproduction par quelque procédé que ce soit, photographie, microfilm,
bande magnétique, disque ou autre,
constitue une contrefaçon passible des peines prévues par la loi du 11 mars 1957
sur la protection des droits d'auteur.
Loi 49.956 du 16.07.1949
Dépôt légal : 3ᵉ trimestre 1999
ISBN : 2-84113-902-6
Imprimé en France par Pollina - N° 77979 F

11 JUIN 2001